PETIT FÉROCE

va à l'école

Texte de Paul Thiès
Images de Mérel

PETIT FÉROCE
va à l'école

RAGEOT • ÉDITEUR

ISBN 2-7002-3161-9
Conception graphique : Marc Fleuret.

LA CAPTURE DE TIGRE-TORDU

Chut !

Silence !!

Taisez-vous, je vous dis !!!

Oui, oui, c'est bien moi, Petit-Féroce le Cavernois, avec mes cheveux noirs et ma massue, mais ne me dérangez pas !

Je suis sur le point de capturer le chef de nos ennemis, les affreux Marmicreux, et ce sera une GRANDE victoire !

Car je suis un HÉROS !

Le seul fils de papa Grand-Féroce… à part mon jeune frère Sifflotin, mais à la chasse, Sifflotin est encore moins doué qu'un ridiculosaure à dents de lait.

Le seul fils (aussi) de maman Jolie-Féroce… à part mon autre frère, le bébé Petit-Sauvage. Mais il est si petit que je l'oublie parfois, surtout que je n'ai pas encore le droit de lui taper dessus.

Bon, je bavarde, et Tigre-Tordu, le chef des Marmicreux, risque de m'échapper.

Alors vous, là, chut !

Silence.

TAISEZ-VOUS !!!

J'ai tout prévu, hé hé…

J'ai installé en haut d'un séquoia les oreilles de Floup, le renifflou apprivoisé de Sifflotin. Il fait le guet.

Floup a une poche sur le ventre, des poils marron jusque sur le bout de sa grosse truffe et de larges oreilles velues capables d'entendre un petit chutosaure au milieu de la forêt, mais il est très mal élevé. Sifflotin le gâte beaucoup trop !

Sur le séquoia voisin se trouve mon cher gentil Roûmm, mon brave et intelligent petit ronronge, qui a une jolie fourrure brune, des dents tranchantes et pointues et une longue longue queue.

Je l'ai chargé de ronger une grosse branche qui tombera quand Tigre-Tordu passera dessous. Alors il sera assommé (le Marmicreux, pas Roûmm), DING !, puis capturé, DONG !

Par qui ?

Par moi, et par Sifflotin, et puis par moi, et par mon cousin Gobe-Gobe, et aussi par moi, et par ma cousine Galipette, et surtout par moi. Alors, papa Grand-Féroce me félicitera et ma tante Gentille-Cabriole, l'artiste de la famille, peindra sur les murs de sa caverne les prodigieux exploits de Petit-Féroce-le-Grand (c'est moi) et...

– Non !

– Comment, non ?

Mon cousin Gobe-Gobe grogne :

– Maman Gentille-Cabriole peindra MES exploits ! Ceux de Terrible-Gobeur-

de-Monstres, surnommé Gobe-Gobe-l'Immense. Je suis le chef de l'expédition.

Et puis quoi encore ? Je réplique :

– Non ! C'est MOI ! D'ailleurs, c'est MON ronronge qui assommera Tigre-Tordu !

– Ah oui ?

– Oui !

Alors cet idiot de Gobe-Gobe tire la queue que Roûmm avait laissée pendre de son séquoia. Le ronronge lui dégringole sur la tête, et les voilà assommés tous les deux.

Le bruit alerte le chef Tigre-Tordu et les affreux Marmicreux, qui se précipitent vers nous en hurlant.

Catastrophe ! On va se retrouver dans la marmite !

Par chance, le fils de Tigre-Tordu, Guépard, est un jour tombé amoureux d'un coup, BROUM !, de ma cousine Galipette. Il est devenu (c'est un secret, chhhut...) l'ami de la famille.

Il nous prévient de loin :

– Cachez-vous !

Vite, vite, nous nous faufilons courageusement dans un terrier de taupivore. Évidemment, c'est un peu serré. J'ai les pieds dans la poche de Floup et Sifflotin le nez coincé entre les dents de Roûmm.

Dehors, Guépard répond à son père :

– Des Cavernois ? Oui, oui, j'en ai aperçu un ou deux, plus maigrichons qu'un froussifroussaure déplumé. Pas de quoi fouetter un mammouth !

Déplumé, moi ? Je n'en crois pas mes oreilles !

Heureusement, Guépard entraîne les Marmicreux sur une fausse piste et nous rejoignons la tribu des Cavernois.

Seulement, Roûmm a mal à la tête, Gobe-Gobe a une bosse plus grosse que lui et nous avons failli nous laisser capturer, ce qui aurait mis toute la tribu en danger.

Remarquez, mes parents ne sont pas mécontents.

Ils ne sont pas fâchés.

Ils ne sont pas en colère.

Ils sont absolument, totalement, impitoyablement FURIEUX !

Ils fulminent :

– Petit-Féroce devient chaque jour plus imprudent ! Finis, la guerre et les massacres ! Il faut lui donner une bonne leçon, une bonne éducation, et même… et même de l'INSTRUCTION !

Et ils décident de m'envoyer à l'école.

Je ne veux pas !

C'est épouvantable !

C'est atroce !

Je proteste !

Je refuse !

Je ne veux pas aller à l'école !

Mais, au fait…

Je ne sais pas ce que c'est, moi, l'école…

LES ÉLÈVES DE LA CLASSE

Papa Grand-Féroce m'explique que l'école sert à apprendre, à s'instruire.

Et quand on s'instruit, on devient intelligent, prudent, raisonnable, avec une grosse tête remplie d'un tas de bonnes idées.

Pour Sifflotin et les autres, d'accord, mais moi, je suis déjà INCROYABLEMENT intelligent, non ?

Enfin, la première leçon sera sûrement intéressante : il s'agit d'un cours de magie donné par Arbre-Rouge le sorcier de notre tribu, le papa de Cerise-qui-mord.

Cerise est jolie comme un cœur, rousse comme un renarieur et en plus, c'est ma meilleure amie, et même ma fiancée.

Nous nous réunissons donc, assis en rond dans la jungle : Cerise, ses petits frères Œil-d'Écureuil et Oreille-de-Renard, et puis moi.

Je sens que je vais vite TOUT comprendre !

Le sorcier déclare :

– La magie est une chose sérieuse…

– Oui papa, répond Œil-d'Écureuil en organisant une course d'escarcrocs entre ses doigts de pied.

– Oui papa, assure Oreille-de-Renard, qui récompense le vainqueur avec une feuille de saladouce.

– Bien sûr papa, affirme Cerise en me glissant sournoisement un escarcroc sur le gros orteil.

Je hurle :

– Aïe !

Arbre-Rouge me reproche :

– Petit-Féroce, ne fais pas le galopître ! Explique-moi plutôt à quoi sert la magie ?

Je me gratte le bout du nez et je suggère :

– Heu, à croquer plein de mammouths sans se fatiguer à les chasser ?

Oh là là ! Arbre-Rouge semble furieux. Ce n'est sûrement pas la bonne réponse. Peut-être qu'il n'aime pas le mammouth ? Ça paraît incroyable, mais les sorciers sont des gens bizarres...

Cerise et ses frères éclatent de rire. Arbre-Rouge me regarde fixement. Soudain, il sursaute : plusieurs gros escarcrocs tombent de sa barbe.

Œil-d'Écureuil et Oreille-de-Renard ont sûrement prononcé une formule magique en secret. Le sorcier soupire et continue :

– Bon, passons maintenant aux travaux pratiques, les plantes magiques. Petit-Féroce, fais pousser quelque chose de simple pour commencer. Disons, une marguerite ?

Je me concentre, prononce quelques mots, et...

HI!
HI!
HI!

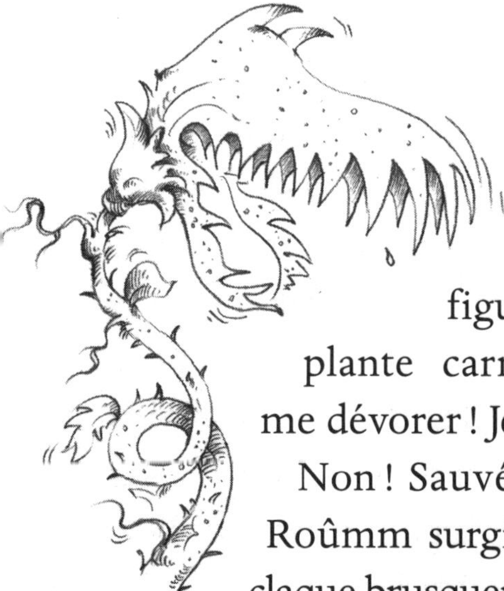

Un chardon-croque jaillit de terre et me saute à la figure. C'est une plante carnivore. Elle va me dévorer ! Je suis perdu…

Non ! Sauvé ! La queue de Roûmm surgit d'un buisson, claque brusquement, s'enroule autour de la plante monstrueuse et l'arrache d'un coup sec.

Arbre-Rouge ordonne d'une voix sévère :

– Il y a quelqu'un ? Sortez de là !

Roûmm pointe timidement le museau hors du buisson, puis gambade vers moi et me lèche joyeusement le bout du nez : il s'ennuyait sans l'école, le pauvre petit…

Arbre-Rouge me regarde, mécontent, il a l'air d'attendre une explication.

Je bredouille :

– Ben, mon ronronge et moi, on ne se quitte jamais.

Mais le buisson remue encore ; et c'est Sifflotin qui en sort, l'air penaud.

Arbre-Rouge fronce les sourcils !

Je bredouille encore :

– Ben… c'est mon petit frère…

Le buisson bouge toujours et Floup suit Sifflotin en traînant lamentablement ses oreilles.

Je bafouille :

– Beu… C'est son renifflou, et ils ne se quittent jamais.

J'examine les buissons avec inquiétude : bientôt fini, ce défilé ?

Hélas, Gobe-Gobe apparaît à son tour, baissant le nez, suivi par Galipette, suivie par Guépard !

RÂÂÂÂÂ !!! Je bégaie nerveusement :

– Hum… C'est un copain. Le fiancé de ma cousine.

Arbre-Rouge s'étonne :

– Un jeune Marmicreux ?

Guépard rougit et marmonne :

– Ben… C'est que j'ai envie de m'instruire, moi aussi…

Ouais ouais ouais…

Moi, je pense qu'il veut tenir la main de Galipette pendant les leçons, ce malin !

Arbre-Rouge médite :

– Un jeune Marmicreux… Hum hum…

Je me sens un peu nerveux. Il est peut-être TRÈS fâché contre nous ? Et s'il transforme Guépard en ratapoil pelé ou en poilopatte tondu ? Tigre-Tordu, son père, sera fou de rage et on aura la guerre avec les affreux Marmicreux !

Mais Arbre-Rouge observe Guépard d'un air satisfait. Il sourit et déclare :

– La magie et l'instruction doivent servir à tout le monde. Je te félicite d'avoir un ami marmicreux, Petit-Féroce.

Gobe-Gobe proteste :

– Galipette est MA sœur, alors c'est MOI qui mérite des félicitations !

Je décide bien sûr de lui flanquer un coup de massue sur la tête… mais ma massue a disparu !

Je crie :

– On m'a volé ma massue ! Pendant la leçon ! C'est une honte !

Arbre-Rouge fronce les sourcils :

– Qui a volé la massue de Petit-Féroce ?

Oreille-de-Renard brame :

– C'est pas moi !

Œil-d'Écureuil mugit :

– C'est pas moi non plus !

Arbre-Rouge menace :

– Si le voleur ne se dénonce pas, tout le monde sera puni !

Alors, Roûmm mon ronronge lève la queue d'un air calamiteux.

C'est lui qui a rongé ma massue pendant que tout le monde regardait ailleurs.

J'ai l'impression que mon ronronge a une dent contre l'école…

LA LEÇON DE MAGIE

Notre première leçon de magie va bientôt commencer ! C'est drôlement important, presque autant que notre première côtelette de mammouth !

Arbre-Rouge nous dévisage d'un air grave. Nous sommes très impressionnés. Même Floup et Sifflotin baissent timidement la truffe.

Le sorcier proclame :

– N'oubliez jamais que la magie n'est pas une arme comme les lances ou les massues. Elle doit servir au bien de tous, petits et grands, garçons et filles, Cavernois et Marmicreux.

Je hoche la tête. Je suis absolument d'accord ! Tant qu'elle ne sert pas aux mammouths…

Attention ! Ça va commencer. Arbre-Rouge lève le bras et un énorme coup de tonnerre retentit.

Je me sens tout petit alors je prends la main de Cerise, ça me réconforte.

Arbre-Rouge pose par terre sa coiffure de grand sorcier et ordonne à ses fils :

– Vous allez montrer à vos camarades de quoi vous êtes capables. Nous révisons la dernière leçon : apparition d'un lapinois. À toi, Écureuil !

Œil-d'Écureuil se lève, prononce une formule magique et soudain, une oreille pointue surgit entre les plumes de la coiffure. C'est un joli lapinois noir et blanc qui remue craintivement le museau.

Je m'en lèche déjà les babines lorsque Oreille-de-Renard donne un coup de coude à son frère et crie d'une voix furieuse :

– Tricheur ! Copieur !

Œil-d'Écureuil prend un air innocent :

– Copieur ? Moi ???

Renard fulmine :

– C'est mon lapinois ! Je le reconnais ! Tu as fait apparaître MON lapinois, voleur !

– C'est pas vrai ! proteste Écureuil.

– Si, c'est vrai ! Ton lapinois est noir avec des taches blanches et le mien blanc avec des taches noires. Et celui-là c'est le mien ! Tu me l'as volé !

Les deux frères se jettent l'un sur l'autre et commencent à se battre. Je trouve que la leçon de magie commence drôlement bien.

Par contre Arbre-Rouge n'est pas content du tout. Il sépare ses fils, examine de près les couleurs du lapinois, se gratte la tête et déclare :

– Écureuil, c'est très mal ! En punition, tu me copieras cent lièvreux !

Œil-d'Écureuil pleurniche :

– S'il te plaît, papa, je te promets que je ne recommencerai plus.

Mais le sorcier répète :

– Cent lièvreux ! Pas un de moins !

Cerise rigole, claque des doigts et soudain… un tigre moustachu bondit par-dessus nos têtes avant de disparaître dans une gerbe de flammes…

Je suis très fier de Cerise-qui-mord, et un peu inquiet, car Arbre-Rouge me dévisage et ordonne :

– Imite-la, Petit-Féroce.

J'essaie… Impossible !

À ma droite, Guépard chuchote :

– Un petit titigre, c'est simple...

Il fait un geste bizarre de la main droite, prononce quelques mots étranges et brusquement, la queue de Roûmm devient jaune et noire.

Peuh ! C'est facile, avec un papa qui s'appelle Tigre-Tordu...

À ma gauche, Sifflotin murmure :

– Regarde...

Il prononce les mêmes mots que Guépard et deux longues dents blanches surgissent brusquement de la gueule

de Floup son reniflou ; une de ses oreilles devient jaune, et l'autre noire...

Mais Arbre-Rouge se fâche à nouveau. Il remet sa coiffure de grand sorcier sur sa tête et déclare sévèrement :

– On ne souffle pas ! Guépard et Sifflotin, cent lièvreux chacun ! Toi, Petit-Féroce, essaie encore une fois.

Pendant que les copains s'en vont fabriquer leurs lièvreux d'un air penaud, j'essaie de toutes mes forces de faire apparaître un tigre, mais je n'arrive même pas à faire pousser une moustache à ma cousine Galipette (ça vaut peut-être micux...).

Découragé, je me lève et je m'éloigne des autres élèves. Je ne comprends RIEN à la magie.

Accablé, je cours me cacher dans la jungle, et là, je pleure un bon coup. Ça soulage !

Je me sens seul, triste, même si Roûmm mon ronronge me lèche affectueusement le bout du nez. Heureusement, au bout d'un moment, les copains me rejoignent.

Guépard me pose gentiment la main sur l'épaule et affirme :

– Tu sais, je trouve que pour un Cavernois, tu es doué…

Sifflotin ajoute :

– Tu es mon GRAND frère. Tu y arriveras !

Cerise me promet :

– Je t'aiderai, tu verras. Je te ferai réviser et tu auras bientôt un tigrogne rien que pour toi.

Je renifle :

– Avec des moustaches ?

Cerise jure :

– Des moustaches plus longues que des oreilles de lapinois ! Viens, retournons dans la clairière.

Seulement, il n'y a plus d'herbe, plus de buissons, ni d'arbres ni de fougères : les lièvreux des copains ont tout rongé, croqué, ravagé, même les plumes de cérémonie d'Arbre-Rouge.

Cerise marmonne :

– Oh là là… Comment on va s'en débarrasser ?

Le sorcier contemple les bestioles d'un air dégoûté et décide :

– Je crois qu'il faut d'urgence vous donner une leçon de cuisine.

Il soupire et ajoute, pendant qu'un lièvreux plus hardi que les autres mordille le bout de sa barbe :

– Avec BEAUCOUP de marmites…

LA LEÇON DE CUISINE

Il n'y a pas que la sorcellerie dans la vie ! C'est vrai, ça ! Il y a aussi le civet de lapinois et le rôti de lièvreux...

Heureusement que j'adore ça, parce qu'après cette fameuse leçon de magie, il y a assez de lièvreux pour nourrir la tribu pendant des lunes.

Aujourd'hui, maman Jolie-Féroce nous donne une leçon de cuisine.

Là, je sens que je vais comprendre…

Elle nous réunit devant notre caverne et nous donne à chacun une marmite en expliquant :

– On commence par bien nettoyer les marmites et les louches.

Elle a raison, maman : c'est drôlement agréable de déguster un mammouth bien propre !

Mais Gobe-Gobe ronchonne :

– La cuisine, c'est pour les filles…

Pour une fois, je suis d'accord avec lui. À mon avis, la belle vie, c'est de chasser le mammouth pendant que les filles préparent le poi-lopatte, puis de traquer le tigre pendant qu'elles cuisent le ratapoil, et enfin de faire la sieste pendant qu'elles nettoient les chaudrons. C'est nous les guerriers, non ? Les terribles, les terreurs, les terrifiants !

J'ouvre la bouche pour approuver Gobe-Gobe, lorsque Galipette tire de sa marmite une énorme cracarotte et la plante dans la bouche de son frère en grognant :

– Cuisine et tais-toi, imbécile !

Je me retourne… et j'aperçois Cerise qui brandit un lapinois (vivant et gigotant) au-dessus de ma tête.

Elle me demande d'une voix inquiétante :

– Toi aussi, tu penses que les filles ne sont bonnes qu'à faire la cuisine ?

Je bafouille :

– Mais non, mais si… quoique… enfin, c'est-à-dire que… hem hum, n'est-ce pas…

Heureusement que mes explications sont TRÈS claires : Cerise me laisse tranquille, et je nettoie paisiblement le fond de ma marmite avec un morceau de papipluche.

Naturellement, Œil-d'Écureuil vole le silex d'Oreille-de-Renard, qui prend les braises d'Écureuil, qui s'empare de la louche de Renard, qui fauche le sel d'Écureuil, qui rafle le poivre de Renard, qui...

Pendant ce temps-là, Guépard, toujours romantique, sculpte le visage de Galipette dans une magnifique noix de cococ...

Au bout d'un moment, je constate fièrement :

– Regarde, Roûmm, ma marmite brille comme une dent de tigre !

Mais Roûmm n'est pas là. J'appelle :

– Roûmm ?

Pas de ronronge.

– Roûmm ?

Point de ronronge. Pas l'ombre d'un poil. Inquiet, je regarde autour de moi… et j'aperçois la queue de mon Roûmm qui dépasse de la marmite de Gobe-Gobe !

Je saute sur mon cousin :

– Méchant ! Vilain !! Affreux cruelosaure !!! Tu voulais griller mon pauvre petit ronronge !

Gobe-Gobe réplique :

– Je m'en fiche, moi, de ton ronronge ! C'est lui qui s'est faufilé dans ma marmite pour voler ma salade de cracarottes ! Et en plus, je n'en veux pas de ta sale bestiole ! Il a sûrement TRÈS mauvais goût ton rarage, on doit attraper des tas d'horribles maladies en le croquant.

Du coup, Roûmm, profondément vexé, sort de la marmite et le mord habilement par-derrière. Bravo !

Gobe-Gobe rugit :

– Toi, je vais te ronger tout cru !

Et il se jette sur moi.

On se bagarre, et on renverse toutes les autres marmites. Le rusé lapinois de Cerise en profite pour s'échapper lâchement. L'ingrat ! Alors que la pauvre s'était donné tant de mal pour préparer la sauce où il devait mijoter... Et les autres bestioles l'imitent à tour de pattes !

Furieuse, maman déclare :

– Vous êtes insupportables ! Je vous mets tous à la diète jusqu'à la prochaine lune !

Quoi ? Quelle horreur ! Quelle affreuse punition ! Sifflotin baisse le nez, prend l'air innocent et murmure :

– Regarde, maman, il reste une marmite…

Il a raison ! Une des marmites est encore intacte. De là où je suis je ne vois pas ce qu'il y a dedans mais je me lèche les babines d'avance. Mmmmm… Il y aura quand même à manger au déjeuner !

On s'approche de la dernière marmite, les yeux brillants de gourmandise quand…

Elle vacille…

Elle bascule…

Elle se renverse, et le bébé Petit-Sauvage surgit à quatre pattes, en éclatant de rire. Il a tout dévoré pendant qu'on se bagarrait !

Petit-Sauvage a l'air très content de lui ! En plus, maman Jolie-Féroce le prend dans ses bras, le cajole et nous reproche d'un air sévère :

– Vous devriez avoir honte. Le bébé est le seul qui ait écouté la leçon.

Oh là là ! Dire que ce matin il y avait des MONCEAUX de lapinois, des MONTAGNES de lièvreux, et que maintenant, pour le repas, c'est cuit !

Faudra en chasser d'autres...

Quelle famille !

LA LEÇON DE COMBAT

Puisque les lapinois et les lièvreux se sont lâchement enfuis, il faut en chasser d'autres, malgré les dangers de la jungle. Pour cela, l'oncle Très-Très-Brutal nous donne une leçon de combat.

Nous sommes tous très contents. On va apprendre à se battre !

Je suis ravi ! Bien sûr, je me bagarre déjà tous les matins avec Sifflotin, mais c'est de sa faute, il me vole ma couverture en poil de grochameau.

Je me bats aussi avec Gobe-Gobe qui se moque de moi en m'appelant Petit-Gentil. C'est pas drôle !

Et puis je me dispute avec Cerise-qui-mord qui ne supporte pas que je l'appelle Framboise-qui-pique. Elle ne comprend pas du tout la plaisanterie.

Mais aujourd'hui, c'est du sérieux ! On va apprendre à se bagarrer comme les grands ! De vrais guerriers !

Au début, tout va bien. Mon oncle nous conduit dans la forêt, piétine à peine la queue de Roûmm, écrase délicatement la truffe de Floup.

Mais pendant qu'il explore les alentours pour vérifier que les affreux

Marmicreux ne se cachent pas sous les champignons, Gobe-Gobe, qui ne sait VRAIMENT pas s'y prendre avec les filles, proclame brusquement :

– La bagarre, ce n'est que pour les garçons !

– Ah oui ? demande Cerise-qui-mord en me pinçant l'oreille droite.

C'est pas juste ! J'ai rien dit, moi !

– Je trouve que mon frère a raison, affirme Galipette en souriant bêtement à son Guépard apprivoisé qui lui tend une jolie marguerite qu'il vient de cueillir.

– Ah bon ? s'informe Cerise en me mordant l'oreille gauche.

Aïe ! Elle exagère ! Si elle continue, je n'entendrai plus mes leçons, et l'oncle Très-Très-Brutal me punira.

Gobe-Gobe déclare :

– Les filles sont faibles, fofolles, froussardes !

– Ah ah ? murmure Cerise en se léchant les babines, en grinçant des dents, en me lorgnant le bout du nez.

Ouh là là…

Heureusement, Cerise change d'avis et se jette sur Gobe-Gobe (bravo !) au moment précis où Oreille-de-Renard crie à son frère :

– Tu as volé ma sagaie !

– Pas vrai ! Toi, tu m'as pris ma hache de guerre !

Œil-d'Écureuil se rue sur Oreille-de-Renard. Guépard cherche à les séparer, mais Cerise lui flanque un coup de pied en grognant :

– Touche pas à mes petits frères !

Évidemment, Galipette se précipite sur Cerise et je suis obligé de lui sauter dessus. Gobe-Gobe en profite pour m'attaquer en traître, et j'ai l'impression que la leçon va mal se terminer, mais l'oncle Très-Très-Brutal revient en courant et hurle :

– ASSEZ !

Il crie si fort que Roûmm et Floup se réfugient à l'intérieur d'une noix de cococ.

Mon oncle répète :

– Assez !

Gobe-Gobe cesse de me taper dessus (ouf !) et proteste :

– Mais papa, c'est JUSTEMENT une leçon de bagarre…

Mon oncle pousse un grand soupir et nous explique :

– Il ne faut pas se bagarrer pendant une leçon de bagarre parce que la vraie bagarre apprise pendant la bagarre n'est pas aussi instructive que la fausse bagarre apprise pendant une leçon de bagarre. Vous comprenez ?

Pas tellement, non. J’échange avec Gobe-Gobe un regard découragé…

Tant pis ! La leçon commence.

Nous nous alignons, une massue à la main : mon oncle va nous apprendre à assommer un ennemi.

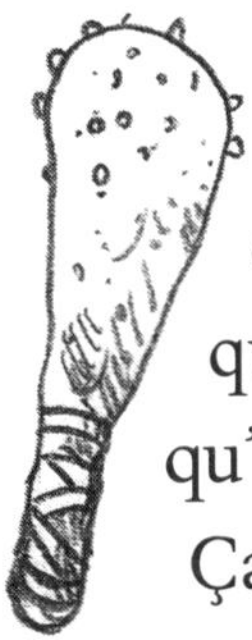

C’est TRÈS simple : on frappe, BOUM ! et l’ennemi (un gros pieu de bois) se retrouve plus aplati qu’une crème de pammouth… heu, qu’une crêpe de mammouth.

Ça dure un bon moment : nous frappons si sagement et si sauvagement sur nos picux quc mon onclc s’offrc unc petite sieste. Et lorsqu’il se réveille…

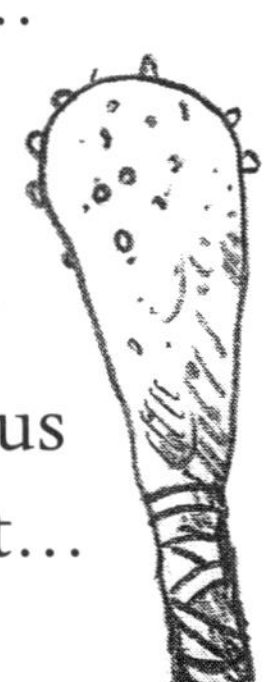

Guépard utilise sa massue pour sculpter le visage de Galipette ; il la décore de violettes sauvages et de campanules. Il est de plus en plus romantique ! Ça devient inquiétant…

Hélas, Roûmm et Floup broutent les fleurs, alors, pour s'exercer, Galipette ligote le renironge avec la queue du ronronflou, et bâillonne le rongeflou avec les oreilles du flouronron.

Comment ? Je me trompe ? C'est la faute de l'école. Je deviens vraiment TROP intelligent, ça me fatigue…

Par chance, Gobe-Gobe, Sifflotin, Cerise et moi, nous sommes sérieux et attentifs.

Et dès que mon oncle ouvre un œil, se relève et se dirige vers nous pour nous gronder, nous nous jetons sur lui comme sur un ennemi et nous le bourrons de coups de massue. VLAN ! BOUM ! CRAC ! Il lui pousse des bosses partout ! Il s'écroule. Mais il est robuste et il se redresse. Seulement, ses yeux clignotent bizarrement…

Gobe-Gobe demande :

– Tu es content de nous, papa ?

Très-Très-Brutal affirme :

– Oui ! Je vous emmène tous à ma prochaine chasse au mammouth !

Et puis, la leçon s'arrête brusquement : mon oncle s'effondre, tout raide ! Et cette fois, il ne bouge plus. Gobe-Gobe et Galipette se regardent avec inquiétude. Ils auront de gros ennuis ce soir, dans leur caverne. Mais en attendant, l'oncle Très-Très-Brutal ne bouge toujours pas.

Nous courons chercher Arbre-Rouge. Il examine l'oncle Très-Très-Brutal, pousse un grand soupir et déclare :

– Ce n'est pas trop grave. Il faut simplement de l'eau, pour le rafraîchir…

Et comme le lac de la Lune est trop loin, le sorcier commence la Grande Danse de la Pluie ! L'orage gronde, les éclairs déchirent le ciel et la moitié des chasseurs de la tribu attrapent un rhume épouvantable !

Le lac de la Lune déborde et le monstre du lac (un vieux copain de mon frère Sifflotin, avec lequel il échange parfois des recettes de cuisine) en profite pour se dégourdir les écailles au beau milieu de la jungle.

Et mon oncle ? Il reprend connaissance grâce à la pluie qui lui fouette le visage mais il éternue tellement que même Arbre-Rouge n'arrive pas à le guérir. Je voudrais bien que ce soit TRÈS contagieux, et que Gobe-Gobe attrape... at... at...
ATCHOUM !

C'est pas juste ! Pas juste du tou... tou... TCHOUM !

L'ÉCOLE JUNGLENNIÈRE

L'inondation est terminée, mon rhume aussi. Cc matin, le soleil gambade comme un galopître, il me chatouille gentiment les oreilles en chuchotant :

– Il fait trop chaud pour étudier… Il fait trop beau pour travailler…

C'est vrai, ça, surtout après les trombes d'eau de l'autre jour !

Sifflotin et moi quittons la caverne. Aujourd'hui, leçon d'animaux : papa Grand-Féroce veut qu'on apprenne tout seuls comment distinguer un dinosaure d'un diplodocus. DUR DUR !

Papa Grand-Féroce nous recommande :

– Soyez sages, et ne traînez pas en route, sinon les Marmicreux vous attraperont.

Maman Jolie-Féroce nous embrasse et ajoute :

– Soyez bien obéissants, et si le monstre du lac vous fait la conversation, ne l'écoutez pas.

Devant la grotte, le bébé Petit-Sauvage joue avec son collier en dents de crococroque. Il a de la chance, lui, il n'a pas besoin de s'instruire…

Le soleil rebondit sur le bout de mon nez, l'herbe fraîche me caresse les doigts de pied…

Il fait TELLEMENT beau…

Je soupire.

Sifflotin soupire.

Je REsoupirc.

– Hum… C'est drôlement intéressant, les diplodocus.

Sifflotin soupire :

– C'est poilu…

– Mais non ! Ce sont les mammouths qui sont poilus !

Sifflotin ouvre la bouche, mais je grogne :

– Arrête de REresoupirer ! Ça m'énerve, et puis ça me donne chaud !

Brusquement, Sifflotin sourit d'un air malicieux et s'exclame :

– J'ai une idée ! Si on n'apprenait pas notre leçon ? Si on faisait plutôt l'école junglennière ?

Je fronce les sourcils.

– Où ça ?

– Au bord du lac de la Lune.

Il exagère, Sifflotin ! Proposer de faire l'école junglennière alors que papa, maman et les dinosaures comptent sur nous. Pas question !

– Et puis, Petit-Féroce, on pourra nager…

Pas question… de manquer une occasion pareille ! On y va !

Vite, vite, nous nous faufilons jusqu'au bord du lac, et là... nous rencontrons Cerise et ses petits frères, et aussi Gobe-Gobe et Galipette, à qui Guépard adresse de grands signes depuis l'autre rive.

Je comprends que les copains font tous l'école junglennière, exactement comme nous !

Cerise éclate de rire :

– Une leçon de natation, c'est VRAIMENT instructif !

Nous enlevons nos pagnes et barbotons dans l'eau fraîche. Le plus doué, c'est Floup, mais il triche : ses larges oreilles l'aident à flotter !

Nous pataugeons pendant un bon moment mais personne n'ose s'éloigner de la rive. Nous n'accomplissons guère de progrès. Au bout d'un moment, Sifflotin sort de l'eau et s'écrie :

– J'ai une idée !

Encore ? Il devrait se reposer…

Sifflotin met les doigts dans sa bouche et siffle de toutes ses forces ; et le monstre du lac apparaît, grimaçant, gargouillant, goguenard, secouant son énorme mufle cornu.

Guépard, qui ne le connaît pas depuis aussi longtemps que nous, pâlit un peu et murmure d'une toute petite voix :

– Quelle grosse tête. Il a sûrement pris beaucoup de leçons…

Sifflotin demande joyeusement au monstre :

– Bonjour ! Tu veux bien nous apprendre à nager ?

Je gémis :

– Oh là là… L'instruction, c'est drôlement dangereux…

Le monstre rigole, l'eau dégouline de ses babines sur ses écailles verdâtres.

Il ricane et me demande :

– Tu as peur de moi ?

Ça me donne la chair de poule ! Je sais bien que le monstre est gentil mais quand il parle comme ça il me flanque la frousse. Je ne peux pas m'en empêcher !

Je proteste :

– Pas du tout ! D'ailleurs, je suis le garçon le plus c-c-c-courageux de mon clac-clac-clac..., de mon clan.

Guépard rassemble tout son courage (sûrement parce que Galipette le regarde) et intervient :

– Moi, je veux apprendre à nager pour traverser facilement le lac et rejoindre ma jolie Galipette.

Ma cousine remarque :

– Hé hé... Petit poisson deviendra grand, mais Petit-Féroce ne sera jamais un GRAND guerrier s'il a peur de l'eau.

Quoi ? Je vais leur montrer, moi ! Et sans réfléchir, je plonge dans le lac la tête la première, gloup !

Je n'ai même pas le temps de faire semblant de me noyer (pour que Cerise me fasse du bouche à bouche, hé hé hé...). Une masse prodigieuse, éclaboussante et inondesque bondit près de moi : le monstre !

Je l'admire, même s'il m'effraie. Il est magnifique, souple comme un serpent, long comme un arc-en-ciel, aussi puissant que le feu et le vent...

Cerise, Sifflotin et les autres barbotent avec moi, et la leçon commence : le monstre nous explique comment retenir notre respiration, battre des mains et des pieds, glisser entre les algues.

C'est tellement agréable de filer entre deux eaux que nous n'avons plus peur du tout.

Tout se passe bien, sauf qu'Oreille-de-Renard crie à son frère :

– Voleur ! Tu as fauché ma trompe-truite !

Œil-d'Écureuil réplique :

– Menteur ! C'est toi qui as pêché mon maquerond !

Pendant ce temps-là, Guépard et Galipette s'éclipsent en catimini. Ils sortent du lac, se cachent sous un saule rieur et là… Ils s'embrassent de tout leur cœur !

Alors, Cerise et moi sortons de l'eau sur la pointe des orteils… mais le monstre nous repère, fait claquer sa longue langue fourchue, et nous capture avec, comme de vulgaires moucherons.

– Au travail ! La leçon n'est pas finie !
– Mais j'ai froid ! dit Cerise.
– Au travail !
Je me débats en grognant :
– Je suis fatigué !
– Au travail !

Le monstre refuse de nous relâcher. Il nous remet dans l'eau et il faut continuer à nager. Je trouve qu'il ressemble un peu trop à mon papa et à ma maman, le monstre du lac. Il nous surveille d'un œil sévère ; si nous n'avançons pas assez vite, il nous fouette à grands coups de langue. Et ce traître de Roûmm l'aide à grands coups de queue !

C'est épuisant, l'école junglennière…

LA LEÇON DE CHASSE

Aujourd'hui, ça va saigner ! Papa Grand-Féroce nous apprend à chasser.

C'est très important car, comme tout le monde le sait, un chasseur sachant chasser le mammouth à la hache et sans tricher doit savoir le chasser et le mettre en sachets sans s'assécher de soif en suivant sa piste.

Œil-d'Écureuil, Oreille-de-Renard, Gobe-Gobe, Guépard, Galipette et Cerise-qui-mord nous rejoignent. Mon papa nous conduit au cœur de la jungle, jusqu'à une piste qui file entre les ronces. La leçon est réservée aux guerriers : Floup et Roûmm restent dans notre caverne pour s'occuper de Petit-Sauvage.

Une fois au beau milieu de la jungle, devant des traces, papa déclare :

– Voilà ! Vous devez deviner de quelle bête il s'agit, la rattraper, et la capturer.

Et il nous laisse seuls.

Oh là là ! Drôlement dure, la leçon d'aujourd'hui.

Œil-d'Écureuil décide :

– Je sais ! Il s'agit d'un mochissaure.

Oreille-de-Renard le bouscule :

– Tu n'as rien compris ! C'est sûrement un mochissoire !

À mon avis, c'est probablement un mochideux, mais je n'insiste pas...

Sifflotin rigole et me glisse :

– Je te parie une côtelette de cataclope qu'ils vont se battre !

Écureuil promet :

– Pas du tout !

Renard jure :

– Absolument pas.

– Je ne me dispute pas avec un crétinesque !

– Je ne me bagarre pas avec un abruti !

Et ils se tapent dessus. Sifflotin triomphe :

– Tu me dois une côtelette !

Guépard qui a décidé d'étudier sérieusement la leçon (pour impressionner Galipette !) s'accroupit pour examiner les traces et remarque :

– On croirait un serpent…

Gobe-Gobe fronce les sourcils.

– Oui, mais toutes ces marguerites écrasées… Il s'agit d'un animal aux pattes très larges…

Cerise s'écrie :

– Regardez ! Il abandonne derrière lui des écorces de tournesucette complètement écrabouillées.

Soudain, j'aperçois un objet blanc qui brille dans les cailloux.

Je m'accroupis pour l'examiner.

– On dirait… on dirait une dent de crococroque…

Nous nous regardons tous avec inquiétude. Cette bête mystérieuse semble rudement menaçante ! Il s'agit d'un monstre croquechemardesque…

Sifflotin se blottit contre moi, fourre sa main dans la mienne et chuchote :

– Dis… Si on retournait dans notre caverne ?

Je lui ébouriffe gentiment les cheveux et affirme d'une voix rassurante :

– N'aie pas peur, je suis là. Et puis, tu veux que papa soit fier de nous, non ?

Il murmure :

– Ben oui…

La chasse continue ! Nous découvrons de plus en plus d'écorces de tournesucette : l'animoche semble affamé. En plus, on dirait qu'il mâchouille très salement sa nourriture…

BRRRR…

Nous nous embusquons derrière un énorme baobab et soudain, j'entends un bruit bizarre, un peu comme un serpent dans les feuilles…

Je serre bien fort ma massue et je crie :

– Allons-y !

La bête est là ! Nous lui sautons dessus ! Tous ensemble !

Le monstre pousse un hurlement… et me donne un grand coup de langue sur le nez.

J'ai compris ! Le monstre, le mochideux, l'épouvantosaure à canines recourbées, c'est Petit-Sauvage recroquevillé dans la poche de Floup perché sur le dos de Roûmm, mon ronronge, dont la longue longue queue traînait sur les feuilles mortes. Ces trois sacripants se gavaient de tournesucettes ! Et Petit-Sauvage a même perdu une des dents de son collier !

Ils se précipitent joyeusement vers nous. D'abord Petit-Sauvage, et derrière lui Floup et son gros nez : le nez devant Floup, Floup derrière le nez et Petit-Sauvage entre la queue (celle de Roûmm) et le nez (celui de Floup) puisque celui (le nez) de Roûmm est devant tout le monde. Vous comprenez, j'espère ?

Je hurle :

– Qu'est-ce que ça veut dire ?

Soudain, papa Grand-Féroce surgit du buisson derrière lequel il s'était caché. Il nous sourit d'un air satisfait et nous explique :

– J'ai inventé cette ruse pour la leçon d'aujourd'hui, mais je vous félicite ! Vous avez eu le courage de suivre la piste et de tendre un piège à la bête.

Papa semble très content de nous. Sifflotin grimpe joyeusement dans ses bras, et moi je me sens drôlement heureux.

Papa sourit de nouveau et annonce :

– Je vous invite tous à un grand repas dans notre caverne. Jolie-Féroce a fait du mammouth !

HOURRA !

Sur le chemin du retour, Cerise-qui-mord me chuchote à l'oreille :

– Tu penses ce que je pense ?

Je hoche la tête et je réponds sur le même ton :

– Si tu penses ce que je pense que tu penses, alors oui, je pense ce que tu penses parce que j'ai l'impression qu'on pense la même chose.

– On pense EXACTEMENT la même chose ! confirme Cerise.

Hé oui ! C'est ça l'amour ! Cerise et moi on pense toujours ensemble au même mammouth dans la même marmite ou... hé hé hé... au même bisou au clair de lune !

Et là, on pense que les adultes ne nous prennent pas assez au sérieux. C'est bien gentil de déguiser Floup, Roûmm et Petit-Sauvage en épouvantosaure mais ça prouve qu'ils nous traitent comme des enfants.

Cerise et moi regardons Gobe-Gobe, Galipette, Guépard et les autres. Nous sommes tous d'accord : on va leur faire une drôle de surprise, aux adultes !

Alors ne le répétez à personne, mais nous décidons en secret qu'à la prochaine lune, nous chasserons pour de bon ! De vrais animoches ! Comme les grands !

Ça va chauffer dans la jungle !

SUR LA TRACE DES MAMMOUTHS

C'est décidé !

Nous sommes d'accord, du même avis, nous partageons entièrement le même point de vue, et ceux qui désapprouvent recevront un grand coup de massue sur le crâne. Bref, nous montrerons à nos parents que

nous avons compris merveilleusement leurs leçons.

Pour commencer, grande réunion dans la jungle ! Cerise grimpe sur un champignon géant et fait l'appel :

– Gobe-Gobe ?

– Présent ! J'ai apporté les massues.

– Sifflotin ?

– Présent ! J'ai bien nettoyé le nez et les oreilles de Floup (c'était dur !). Il est prêt à suivre une piste.

– Oreille-de-Renard ?

– C'est pas moi ! C'est la faute d'Œil-d'Écureuil !

– Œil-d'Écureuil ?

– J'ai rien fait ! C'est Renard !

– Parfait, ils sont là. Guépard ?

– Tu avais remarqué que Galipette a des yeux magnifiques ?

Cerise pousse un grand soupir :

– Le pauvre… il devient vraiment complètement idiot. Galipette ?

– Tu vas voir, espèce de chipie ! Il n'est pas idiot, mon Guépard, il est drôlement intelligent !

Cerise rigole et me regarde :

– Elle est là aussi. Petit-Féroce ?

Je suis là, bien sûr, et j'ai justement envie de lui raconter des tas de choses gentilles mais Roûmm, perché sur mon épaule, me mordille la jouc d'un air soucieux. Il a raison, l'heure est grave. Je lève la main :

– Présent ! J'ai examiné les traces. Des mammouths sont bien passés par là…

Les autres me suivent. J'aime ça, donner des ordres. C'est décidé, quand je serai grand je serai chef !

Nous nous enfonçons dans la jungle en brandissant nos massues. Si nous capturons assez de mammouths pour les provisions d'hiver de la tribu, nos parents nous féliciteront.

Arrivées dans une vaste clairière, Cerise et Galipette ramassent des silex et décident :

– Voilà l'endroit idéal pour allumer un grand feu.

Gobe-Gobe et Guépard polissent les massues, affûtent les sagaies, préparent les cordes et disposent les pièges.

Entre-temps, grâce aux leçons du sorcier Arbre-Rouge, Sifflotin et moi faisons de la magie-Floup.

Je vous explique. Sifflotin s'approche du renifflou, prononce une formule magique et sort de la poche poilue de son ventre :

• une massue de réserve ;

• deux marrons, pour le hors-d'œuvre ;

• trois marmites, une pour la soupe au mammouth, l'autre pour le mammouth rôti, la troisième pour le mammouth en gelée (c'est le dessert).

J'applaudis, et puis je fronce les sourcils en me concentrant. À mon tour !

Je prononce une autre formule, je tire les larges oreilles pendantes du renifflou et j'en sors en un tournemain :

• un tournebroche, à droite, toujours pour les mammouths ;

• deux tournesols, à gauche, pour Cerise-qui-mord ;

• et cinq ou six tournesucettes pour consoler Roûmm mon ronronge (il est un peu jaloux), qui en reste langue pendante.

Sifflotin claque des doigts :

– Attends ! J'avais oublié…

Et il arrache du gros nez mou de Floup l'énorme hache de guerre de mon oncle Très-Très-Brutal.

Hé hé hé… Les mammouths n'ont qu'à bien se tenir !

Sauf que…
Les mammouths n'ont pas voulu.
Ils ne sont pas venus, les vilains velus.
Pas un poil…
Pas une proie.
Pas l'ombre d'une sombre trompe…

Le temps passe, l'herbe pousse, les papillons se posent sur les pamplemordamousses et prennent leur petit déjeuner. D'ailleurs tout le monde mange, autour de nous, dans la jungle. Ça fait MIAM MIAM dans les arbres et sous les champignoux, CROUNCH CROUNCH sur les nénuflous et sous les buissons de chardon-croque.

C'est la lutte pour la vie ! Les lapinois mangent les escarcrocs et les tigroux croquent les lapinois. Bref, tout le monde s'amuse bien.

Tout le monde, sauf nous… Parce que ces bêtes mammouths ne viennent pas.

C'est scandaleux ! On ne peut vraiment compter sur personne.

C'est vrai ça, les mammouths sont de gros ingrats. On pense à eux, on prépare pour eux des

lances bien pointues et des marmites bien propres et eux, les lâches, ils se baladent quelque part de l'autre côté de la jungle.

Et en plus, il fait froid ! Gobe-Gobe souffle sur ses doigts, Œil-d'Écureuil et Oreille-de-Renard se bagarrent pour se réchauffer. Sifflotin, lui, s'enveloppe dans les oreilles de Floup.

Et Cerise ?

Elle fait comme moi.

Et moi ?

Je fais comme Cerise.

Et Cerise et moi, on fait comme Guépard et Galipette : on s'embrasse ! Et ça, ça donne drôlement chaud…

Du coup, les mammouths ne nous manquent pas trop.

IL FAUT SAUVER PETIT-SAUVAGE

Hélas, un peu plus tard, nous revenons à la réalité : notre belle grande chasse n'a rien donné.

Alors, pour le grand festin, il faudra se contenter d'un lapinois mal cuit. Pour huit.

Nous repartons tristement vers les cavernes de la tribu des Cavernois.

Penauds.

Piteux.

Pitoyables.

Et surtout sans mammouth ! Que vont dire nos parents ?

Soudain, une voix lance :

– Oh ! Une dent de crococroque !

Je m'étonne :

– Je la reconnais. Elle vient du collier de Petit-Sauvage. Qui l'a remarquée en premier ?

– Moi, moi, moi ! clame Œil-d'Écureuil, c'est bien connu j'ai la meilleure vue.

– Non, moi ! meugle Oreille-de-Renard, je suis le plus rusé.

Pendant qu'ils se tapent dessus, nous réfléchissons.

Sifflotin murmure :

– Bizarre… Cette fois, ce n'est pas une leçon et pourtant le bébé est passé par là. Alors, que fabrique Petit-Sauvage tout seul dans la jungle ?

Sifflotin a raison, c'est curieux. D'habitude, la famille surveille toujours Petit-Sauvage, même s'il crie tellement que papa Grand-Féroce préfère courir derrière les diplodocus et maman Jolie-Féroce éplucher un dinosaure avec une petite cuillère…

Inquiet, je plisse les yeux. Et si Petit-Sauvage était en danger ? Je réfléchis de toutes mes forces pour me souvenir des leçons de papa et de l'oncle Très-Très-Brutal sur l'herbe couchée, les traces dans la boue, les fleurs ou les pétales abîmés…

Je comprends ! Je cours vers les autres pour leur expliquer :

– J'ai trouvé une piste. Petit-Sauvage est passé par là. Suivons-le…

Les traces nous conduisent jusqu'à la rivière. Petit-Sauvage est tombé à l'eau ! Je l'aperçois, droit devant nous ! Il se débat dans un tourbillon. Il va se noyer ! Sifflotin et moi plongeons sans hésiter un seul instant.

Les remous sont terribles et les carpoches me mordillent les doigts de pied.

Heureusement, grâce aux conseils du monstre du lac nous nageons mille fois mieux qu'avant ! Nous sautons de vague en vague comme de vrais monstricules à nageoires.

Et nous sauvons notre petit frère !

Galipette et Cerise allument un grand feu pour le réchauffer. Guépard et Gobe-Gobe empoignent leurs massues et s'en vont vite assommer une grosse brebiche : tout le monde sait que le bouillon de brebiche est très bon pour les malades…

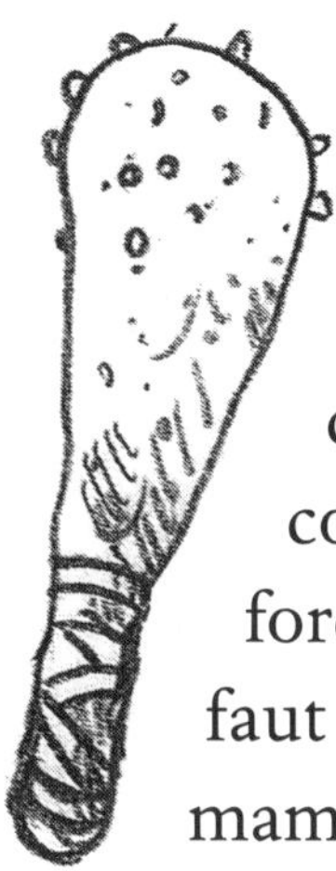

Je respire un grand coup, je fais signe aux copains de continuer et je me mets à courir, à courir de toutes mes forces jusqu'à notre caverne. Il faut absolument prévenir papa et maman ! Ils sauront quoi faire !

Ils m'ont entendu arriver. Ils sortent ensemble de la caverne mais dès qu'ils voient mon visage, ils comprennent que quelque chose de grave est arrivé. Ils ne se sont pas encore aperçus de la disparition de Petit-Sauvage.

C'est normal, il se faufile toujours partout, il adore se cacher dans les recoins de la grotte ou sous les buissons.

– Petit-Féroce ! s'écrie maman avec inquiétude. Que se passe-t-il ?

– Où est Sifflotin ? Et les autres ? Il y a eu un accident ? demande papa.

Je réussis à balbutier :

– Oui ! C'est le bébé. Venez vite !

Ils se regardent, pâlissent et se précipitent derrière moi.

Je me remets à courir mais cette fois papa et maman sont à mes côtés.

Quelques instants plus tard, mes parents se penchent à leur tour sur le bébé. Les copains, Roûmm mon ronronge, Floup le renifflou, tout le monde observe anxieusement Petit-Sauvage. Sifflotin prend ma main et la serre très fort. Il est tout pâle !

– Dis, c'est pas grave, hein ? Il va guérir, notre petit frère.

Je voudrais bien lui répondre mais j'ai une boule dans la gorge, alors je serre sa main et je fixe maman Jolie-Féroce. Elle va tout arranger ! Les mamans, ça arrange toujours tout ! C'est même leur spécialité.

Papa Grand-Féroce l'observe aussi, les poings serrés. Il est encore plus pâle que Sifflotin. Il a peur. Et ça, c'est grave !

Normalement, les papas n'ont jamais peur. Je n'aime pas ça parce que sa peur me fait peur…

Maman ne prête pas attention à nous. Elle se penche sur le bébé et lui fait couler le bouillon dans la bouche, doucement, doucement… Le bébé frissonne et boit lentement, lentement, sans ouvrir les yeux. Ça le réchauffe !

– Ça va mieux ? murmure maman.

Petit-Sauvage ouvre un œil, se serre contre Sifflotin et murmure :

– Ze voulais aussi chasser le mammouzz, et ze me suis perdu…

Et il s'endort paisiblement.

Petit-Sauvage va bien. La vie est belle !

LA REMISE DES PRIX

Nous sommes tellement contents de rentrer que nous ne nous disputons PRESQUE pas pour savoir qui portera Petit-Sauvage pendant le trajet.

Notre arrivée aux cavernes soulage drôlement l'oncle Très-Très-Brutal et la tante Gentille-Cabriole.

Ils s'étaient à leur tour rendu compte de la disparition du bébé et ils cherchaient Petit-Sauvage partout, partout, jusque sous les champignons, et même dans les oreilles des lapinois !

Arbre-Rouge le sorcier déclare :

– Organisons une grande fête ! Un banquet ! Et une remise des prix.

Ensuite il félicite ses enfants.

– Vous avez été très courageux. Un jour, vous deviendrez tous de grands magiciens.

Oreille-de-Renard baisse les yeux et affirme modestement :

– Moi, je n'ai rien fait. C'est Écureuil qui a tout compris. Écureuil est un héros !

Œil-d'Écureuil prend l'air dégagé :

– Mais non, mais non, c'est Renard le héros !

– Non !

– Si !

– C'est toi le héros, idiot !

– Non ! C'est toi, espèce d'imbécile !

– Non !

– Si !

Pendant qu'ils se bagarrent, Cerise s'approche de moi et me confie d'une voix grave :

– Tu sais, Petit-Féroce, c'est parfois TRÈS dur pour une douce enfant comme moi de supporter des frères aussi violents... Moi qui aime TANT le calme.

Hum hum…

L'oncle Très-Très-Brutal, lui, félicite mon cousin :

– Bravo, Terrible-Gobeur-de-Monstres, mon fils ! Un jour, tu seras digne de moi ! Tu mériteras bientôt le nom de Très-Très-Affreux !

Gobe-Gobe en saute de joie.

– Oh là là ! Merci papa !

Il semble fou de bonheur. Gobe-Gobe ferait n'importe quoi pour que son papa soit fier de lui. Et là, il s'est bien débrouillé ! Pour une fois, je suis fier d'être le cousin de mon cousin.

Ensuite, mon oncle s'approche de Guépard et de Galipette qui se tiennent par la main. Guépard tremble un peu. Il semble encore plus ému que Gobe-Gobe ! Mon oncle Très-Très-Brutal admet :

– Hum… Je n'ai guère l'habitude de féliciter un Marmicreux, mais aujourd'hui, tu mérites de devenir Cavernois d'honneur.

Galipette rougit de plaisir et suggère :

– Il faudrait lui trouver un nom cavernois !

Mon oncle approuve :

– On lui en choisira un à l'occasion de la fête !

Pendant ce temps-là, papa et maman embrassent Petit-Sauvage, et Sifflotin, et moi !!!

– Vous êtes les meilleurs des frères. Des héros ! Des braves à trois poils !

Tous les adultes nous félicitent. Sifflotin et moi, nous ne savons plus où nous mettre, tellement nous sommes fiers : Sifflotin se cache dans la poche de Floup, et moi je m'enroule dans la queue de Roûmm, mon ronronge.

Heureusement, la fête commence !

Des tas de mammouths choisis, chouchoutés, chassés et massacrés par l'oncle Très-Très-Brutal en personne rôtissent joyeusement devant les cavernes. Chacun les dévore énergiquement, sauf Floup et Roûmm, qui croquent des feuilles de saladouce.

Et puis, c'est le GRAND moment. Nous, les sauveurs de Petit-Sauvage, nous avançons pour recevoir nos grandes récompenses.

Pour Œil-d'Écureuil, un tibia de dinosaure.

Pour Oreille-de-Renard, un fémur de diplodocus.

Oh là là ! La chance ! De magnifiques os de cérémonie pour se les accrocher au nez les jours de fête !

Je vais sûrement recevoir un cadeau, moi aussi ! J'en frémis d'impatience !

Ce sera quoi ? Une massue neuve ? Un gigot de galopître ? Un peigne très très long pour la queue de mon ronronge ? À côté de moi, Sifflotin se gratte la tête. Il se demande la même chose que moi !

Papa s'approche de nous en souriant et nous tend... deux merveilleux colliers en dents de requinois.

– J'ai pêché moi-même les requinois, avec Très-Très-Brutal, nous explique papa en nous les mettant au cou.

Je jette un coup d'œil à Gobe-Gobe et je vois que mon oncle lui donne un collier, à lui aussi. Hé hé hé...

Aujourd'hui les cousins Féroces sont les garçons les plus élégants de la tribu ! Quand Cerise voit ça, elle en tombe raide d'admiration !

Gobe-Gobe, Sifflotin et moi admirons nos nouveaux colliers en dents de requinois. Des tas de grosses dents blanches et luisantes. J'ai l'impression de ressembler au monstre du lac.

Et pour Guépard, le Cavernois d'honneur, Arbre-Rouge a trouvé une récompense spécialement spéciale. Il reçoit un nouveau nom : chez nous, il s'appellera Jeune-Méchant !

Tout le monde juge que c'est un TRÈS beau nom.

Pendant que Renard et Écureuil se tapent gentiment dessus avec leurs os tout neufs, et que Cerise frappe en cadence sur un magnifique tambour ensorcelé, maman Jolie-Féroce sourit :

– Ils sont si mignons, ces petits… Je suis SÛRE qu'ils ne commettront plus AUCUNE bêtise.

UN DRÔLE DE PIQUE-NIQUE

Soudain, Cerise cesse de frapper le tambour. Elle se relève, écarte les bras, saute dessus et commence à danser. Ses talons frappent le cuir du tambour, encore et encore ! Quelle étrange musique. Le ciel et les nuages, les oiseaux et les arbres paraissent l'écouter.

Cerise, c'est ma copine. Je n'y pense pas souvent mais c'est aussi la fille d'Arbre-Rouge, une jeune magicienne aux pouvoirs étranges… Elle danse, elle danse devant le feu, les flammes rouges et orange se mêlent à ses cheveux roux et moi je la regarde, rempli d'admiration… et d'amour !

Je suis TELLEMENT romantique !

Mais à cet instant, un rythme puissant, un grondement étrange ébranle la forêt, recouvre les rires et les cris du banquet. Arbre-Rouge fronce les sourcils et murmure :

– Tiens tiens, il me semble que je connais cette musique…

Cerise crie :

– Catastrophe ! Je me suis trompée d'air ! C'est la Danse de la Pluie !

Trop tard ! Les éclairs envahissent le ciel et des trombes d'eau s'abattent sur les feux, la forêt et le lac de la Lune. Chaque goutte est aussi grosse qu'une patte de mammouth !
La fête est gâchée !

Tout le monde se réfugie dans les cavernes, sauf…

Devinez ?

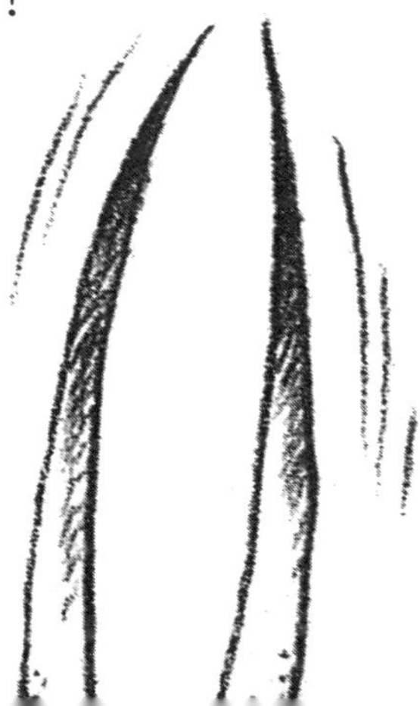

Sauf le monstre du lac, qui profite de cette nouvelle inondation pour flâner un peu au milieu de la jungle.

Il adore se promener. Je suis sûr que s'il pouvait se débrouiller hors de l'eau il passerait sa vie à se balader dans la jungle. Il viendrait même flairer nos marmites ! Je vois ça d'ici ! Il glisserait sa grosse tête cornue dans l'entrée de nos cavernes, ouvrirait tout grand les naseaux et demanderait de sa voix grave :

– Miammm... Ça sent bon aujourd'hui ! C'est du ragoût ou du civet ? Je peux en avoir ?

Finalement, il vaut mieux qu'il reste chez lui, le monstre. Sinon plus personne n'aurait rien à manger...

Mais cette fois-ci, je suis content de le voir. Le monstre me fait toujours un peu peur mais on s'amuse bien avec lui. Il semble d'ailleurs de très bonne humeur. Il cligne de l'œil en nous voyant et nous propose gaiement :

– Bonjour les enfants ! Quelle bonne idée, cette danse de la pluie ! Il faut vite en profiter ! Vous voulez monter sur mon dos ? Je retourne au lac et si vous voulez, je vous emmène !

– Peuh… C'est une ruse ! Je suis sûr qu'il va nous croquer ! affirme Œil-d'Écureuil.

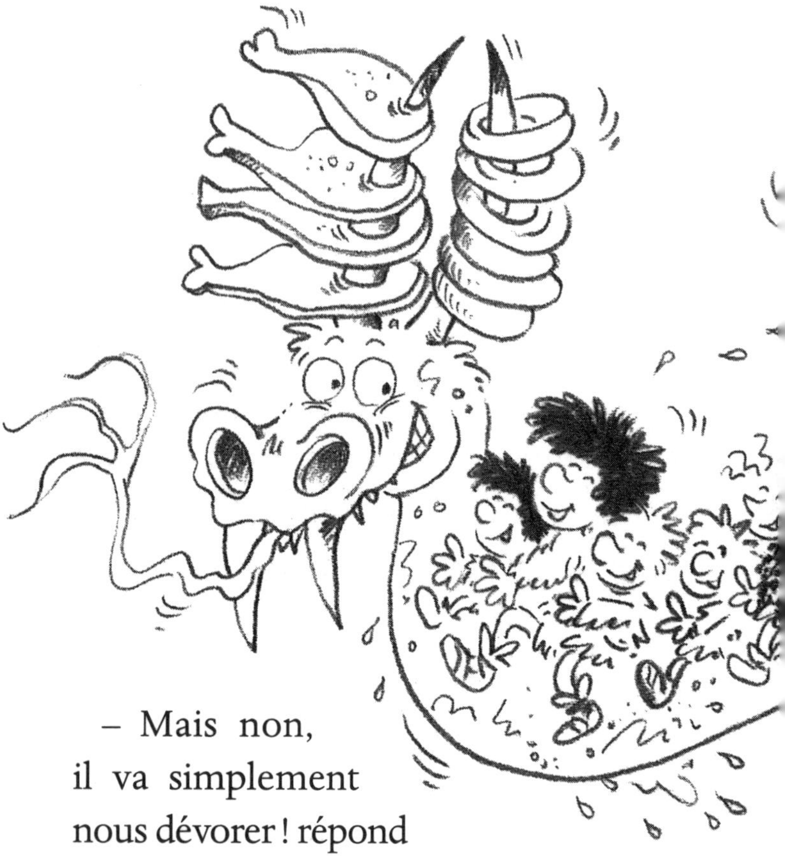

– Mais non, il va simplement nous dévorer ! répond Oreille-de-Renard.

– Si ! Nous croquer !

– Non ! Nous dévorer !

Ils commencent à m'énerver, ces deux-là. Je fronce les sourcils tandis que

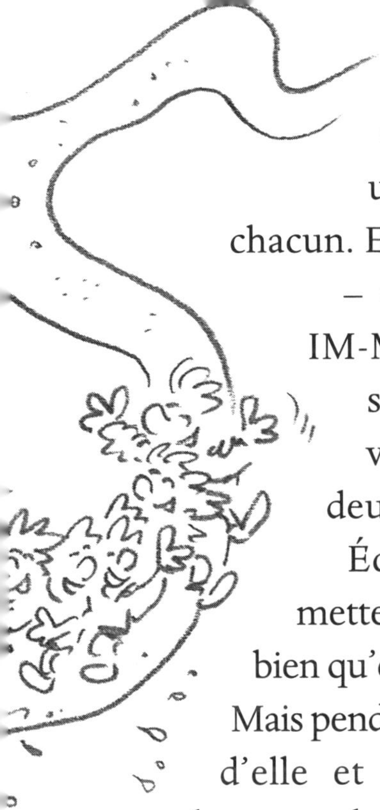

Cerise leur flanque un coup de pied à chacun. Elle gronde :

– Ça suffit ! Grimpez IM-MÉ-DIA-TE-MENT sur le monstre ou je vous change tous les deux en carpoches !

Écureuil et Renard se mettent à rigoler. Ils savent bien qu'elle n'est pas sérieuse ! Mais pendant qu'ils se moquent d'elle et qu'ils lui tirent la langue… le monstre leur tire la langue aussi. Seulement, comme cette langue est complètement fourchue, Écureuil et Renard l'attrapent chacun par un bout, ils se balancent, les jambes pendantes et hop, ils sautent sur le dos du monstre ! On n'a plus qu'à les imiter !

Et nous nous retrouvons tous à cheval sur son dos.

Mais rassurez-vous, nous n'oublions pas les mammouths : il suffit d'embrocher les côtelettes et les tranches de trompe sur les longues longues cornes du monstre. Ensuite, Cerise nous fabrique une jolie petite flamme pour rôtir tout ça !

Petit-Sauvage, lui, est ravi : c'est son premier pique-nique à dos de monstre !

TABLE DES MATIÈRES

L'auteur

Né à Strasbourg en 1958, **Paul Thiès** a fait escale à Buenos Aires, Madrid, Tokyo, Mexico, avant d'atterrir plus longuement à Paris. Féru de littérature en tous genres, il est aussi remuant que ses personnages, aime beaucoup les gares et les aéroports, rencontre volontiers ses lecteurs qu'il entraîne dans des aventures endiablées, dans des univers peuplés de héros aussi touchants que malins.

Il a déjà écrit beaucoup de livres pour la jeunesse chez Rageot Éditeur.

L'illustrateur

Mérel est né en Alsace, à Mulhouse. Ancien élève des Arts décoratifs de Strasbourg, il vit en Alsace.

Il a illustré plus d'une centaine de livres pour enfants et publié de nombreux dessins dans différents journaux. Il aime illustrer des textes drôles avec des monstres ou des gamins délurés qui font plein de farces…

Achevé d'imprimer en France en novembre 2004
sur les presses de l'imprimerie Hérissey à Évreux
Dépôt légal : janvier 2005
N° d'édition : 4103
N° d'impression : 98035